나는 아직 잠실에 있어요

천년의시 0170 나는 아직 잠실에 있어요

1판 1쇄 펴낸날 2025년 12월 29일

지은이 원기자
펴낸이 이재무
기획위원 김춘식, 유성호, 임지연, 차성환, 홍용희
편집 이호석, 박현승
편집디자인 김지안, 장수경
펴낸곳 (주)천년의시작
등록번호 제301-2012-033호
등록일자 2006년 1월 10일
주소 (03132) 서울시 종로구 삼일대로32길 36 운현신화타워 502호
전화 02-723-8668
팩스 02-723-8630
블로그 blog.naver.com/poemsijak
이메일 poemsijak@hanmail.net

ⓒ원기자, 2025, printed in Seoul, Korea

ISBN 978-89-6021-837-6 04810
        978-89-6021-069-1 (세트)

값 11,000원

나는 아직 잠실에 있어요

원기자

천년의시작

시인의 말

나를 마중 나온 달콤함은

행간을 따라 떠나는 먼 여행, 너는

하얀 접시 위에 놓인 한 끼의 식사였다

감정의 풍화를 건너는

나의 언어들아

안녕

2025년 겨울 잠실에서

원기자

차 례

시인의 말

제1부

제2부

제3부

제4부

해 설

제1부

짝사랑

한 걸음 다가서면
한 걸음 물러서는

잡지도 못하고
놓지도 못하는 그대가

나는 아직도 낯설다

달빛 수묵

달무리 걸린 빈집에 농담을 입힌다

댓돌 위에 나란히 문상 온 달빛일까

비긋이 열린 사립문 밖으로

떨어진 열매는 눈시울이 붉다

해묵은 그리움이 내려앉은 마당

조등이 머문 자리 은하처럼 시리다

울타리에 걸린 눈동자는

가만히 건네는 기다림 같아

허공에 둥근 접시를 쟁이던 할머니는

제 몸에 생채기를 닦으며, 쉬어 가라네

저문다는 것은

조금 늦게 오는 기별 같아

천천히 그늘의 단애를 짚어 본다

점자 익히기

누가 어둠의 꽃씨를 뿌렸는지

선이 고운 슈트를 박음질하던 아버지가
황반변성을 앓기 시작했다

한쪽 구석에 놓여 있는 재봉틀
호기심에 돌려 보다 마음을 찔렸다
꽃잎처럼 떨어지는 핏방울을 타고
아버지가 피우지 못한 꽃말이 들린다

작은 텃밭에 모종을 심듯
노루발을 따라 돌던 꽃무늬 원단
시신경이 죽어 가는 어두운 꽃밭에
은빛 더듬이 팔랑이는 나비가 날아왔다

햇살 넘어가는 창가에 구부정하게 앉아
손으로 세상 보는 법을 익히며
올 풀린 눈동자에 한 자 한 자 새로운 씨앗을 심는다

지문의 결을 따라

천천히 조절 다이얼을 돌려보지만
황반에 박힌 어둠은 수선이 어려워
아버지는 작은 텃밭의 풍경을 다시 재단한다

오톨도톨 점자를 따라 꿈을 박는
아버지 손가락에 나비가 앉았다

기도

일면식도 없는 햇살이
평화의 소녀상 앞에 십자가로 세워집니다
아무도 보듬어 주지 않는 상처를
온몸으로 끌어안은 할머니가
외줄 위의 어름사니처럼 아슬아슬하게 넘어갑니다
헐렁한 약속을 꿰어 보자고
옷고름 풀고 앉아 빈 하늘에 보내는 침묵을
귀 세워 듣는 이 없네요

열세 살 어린 꽃송이
군용트럭에 실려 어둠의 터널로 들어섰지요
속살 드러낸 허공이
이제 막 달거리 시작한 꽃잎으로
휘파람을 불며 달려들던 밤에는
비린내가 사라질 때까지 노래를 불렀지요
그 노랫소리 배경 삼아 스스로 껍질이 된
한 여자의 붉은 생, 반듯한 체면을 따라가면
목숨처럼 그러안은 기도가 쏟아집니다

인생이란 단막극을

주연으로 살아본 적 없는 몸, 숨이 멈추면
"미안합니다"
듣고 싶은 그 말 한 마디 염원으로 남기고
십자가 꼭대기 푸른 하늘에 한 줌 햇살이 되리

슬픔의 온도는 꽃잎 한 장의 두께

남자의 퇴근을 기다리는
쓸쓸한 복사꽃이
밥솥 여는 소리를 들었다

기척에 실려 온 따스함을 후드득 후드득
내리는 봄비로 알았나

식탁에 마주앉자
소란과 고요가 물비늘처럼 반짝인다
나에게도 이토록 몸부림치는 내밀이 있었구나
조용하여서 튕겨 나오지 않았을 뿐

남자와 내가 어둠을 구겨 넣는, 그
사이에 놓인 슬픔의 온도는
꽃잎 한 장의 두께

그 깊이를 적시는 수만 개의 물관은
달의 입술처럼 촉촉한 분홍
저 여린 색을 끌어안고 나는 왜 흠뻑 젖지 못했을까

목울대 깊이 머뭇거리던 묵비가
아침을 몰고 오는 모서리로 남아
눈먼 시간을 기록하고 있다

춤

빛이 살아나는 순간
어둠 속 분묘가 곡선의 깊이를 밀어낸다

기둥과 기둥을 맞댄
주춧돌 아래
파리한 남녀가 누워 있다
이것은 사후의 세계에 봉착한 최후의 의식이었다

두 팔을 구부려
서로의 각도를 유지한
성性과 성性이
하얗게 빛나는 인골 두 구

연못을 가꾸던 어머니와
아이들에게 사냥을 가르치던 아버지는
춤의 가락을 이고 낮달처럼 잠이 들었다

뼈와 뼈 사이
붓질이 지나가며 세상이 그대를 깨웠는가

갈비뼈로 새긴 천문
눈 코 입에 숨을 불어넣자
흙무덤을 걸어 나오는 제의의 흔적

제단을 지은 자리에는 내세의 안녕을 기원하는
노래와 춤이 동시에 존재한다는데

오늘의 의식은 여행객들의 셔터 누르는 소리만
피사체로 세워진다

뮤지션으로 친구 이해하기

친구의 목소리는 입체적이었다

피아노 반주에 맞춰 매일 정해진 노래를 불렀다 하이톤 음역대로 가면 발톱을 바짝 세운 딱따구리처럼 깊은 울림이 허공에 꽂히곤 했다 뮤지컬이 종합무대예술이라는 걸 알았을 땐 학교를 졸업한 후였다 친구는 유학을 갔고

나는 의류 사업을 시작했다

고단한 하루를 어루만지며 한쪽 옆구리로 잠들던 날

친구의 귀국 독주회 소식을 들었다

백조처럼 우아하게 무대에 오를 친구를 떠올리면 명치끝이 아렸다 아린 가슴을 움켜잡고 재봉틀 페달을 밟으면 골목마다 젖은 악보가 넘실거렸다 낮달 같은 목울대가 울렁거리는

친구가 고공 행진을 한다

활시위처럼 팽팽한 목소리로

노래는 날숨의 파문으로 이루어진다는 친구의 말이 떠올라 전동차 안에서 음색의 영역에 대해 골똘히 생각하다 소

리가 비상하는 것을 보았다 민소매를 팔던 여름이 물컹해져
도 어깨를 쫙 펴면 내일이 희망이라는 도시에서

　　나는 거상을 꿈꾸고
　　친구는 소소한 행복을 인터뷰하지만

　　우리들의 일상은 지하철 벽면에 나붙은 광고처럼 평면적
이다 원단을 실은 오토바이가 고양이를 피하려다 나침반 속
으로 사라진다 우리들의 젊음도 함께

실격과 실종 사이

도쿄 다리 위에서 사진을 찍는다

배경으로 찍힌 전광판에는 한 남자가
달리고 있다 그의 이름은 시조 카나쿠라
세계에서 가장 느린 마라톤 선수로 기록 되었다

스톡홀름 올림픽에 출전했던 그는
20km 지점에서 열사병으로 쓰러졌다

54년이 흐른 뒤
운동장 트랙 한 바퀴를 돌고 마라톤 완주자로 인정
올림픽 위원회가 실격 대신 실종으로 처리한 것이 문제
일까
남자가 생존을 신고하지 않고 귀국해 버린 것이 잘못일까

전광판 앞 일식집에서

스시와 튀김을 시켜 놓고 맥주로 달리는 사람들
먹은 접시의 개수를 헤아리며 락교를 쿡 찍는데
회전 테이블처럼 빙빙 돌아 초등학교 때 기억이 떠오른다

난 우리 반에서 구구단을 가장 늦게 외웠다
수업이 끝나면 남아서 외우고 다음날도 남아서 외우고
뒷집 사는 친구 녀석이 우리 엄마한테 고자질을 했는데
정작 우리 집에서는 아무 관심도 없었던 그 시절

느리다는 것은
숨기고 싶은 기록일까

한 손에 새우튀김을 들고
슬쩍, 남자의 포즈를 따라해 본다

죽은 물고기는 어떤 자세였을까

너울이었다

거리엔 풍경이 흘러 넘쳤지만
먼바다로 나갔던 사내는 다시 돌아오지 않았다

그해, 바다도 산산이 부서졌다

부서진 방파제 앞에
갈매기 날개 같은 천막을 두르고
멍게 해삼 도다리, 하얀 접시 위에 꽃으로 피워내며
구멍 난 타이어처럼 굴러가는데
사람들은 매일 바다를 사러 왔다

비틀거리는 바다를

바다가 자세를 바꾸는 오후가 되자
폭풍이 일기 시작했다 악어는
연어가 돌아오는 길목을 지키고 있다 커다란 입을 벌려
알밴 연어를 잡아먹는다고 한다
사내의 고깃배도 커다란 너울 속으로 빨려든 것일까

너울의 눈동자는 기다림처럼 깊고 그 속엔
그리움이 고여 있다 그 그리움을 파내어
여자의 목에 걸면 해안선 너머로 가는
동백꽃 붉은 신호등이 될까

가장이라는 상수리나무

당신은 어디 있나요

하늘길 열리지 않아, 어린 열매를 매단 상수리나무가
보이지 않는 사람들과 맞서는 중입니다
컨베이어 벨트에 실려 온 해고 통보는
북서풍의 영향으로 언제나 편향적입니다

높게 걸린 현수막이
붉은 노동을 할퀴고 섰는데 의사당 앞
상수리나무는 원하지도 않는 높이를 가지게 되었습니다

활주로에 깃발이 펄럭입니다 열매는
버리지 않기로 갈무리 하지만 어미의 안부는 물을 수 없
네요

경영상의 불가피란 무엇입니까
어제 스스로 농성장을 떠난 굴참나무가 생각납니다
생수 한 병을 나누어 마시며
목숨줄을 지키고 있는 가장들, 자명한 구호가 필요합니
다

바람이 개입되었다는 소문이 돌자
바싹 마른 나뭇잎 하나 허공을 찢고 날아갑니다
우리 조금씩 분명해지기로 해요
타는 목마름으로

노사는 합의되지 않았지만
계절은 방향을 잃은 채 흘렀습니다

엄마의 경전

용문사에 들리면
불상 앞에서 두 손을 모으던
울 엄마 생각이 난다

삼월 삼짇날
경전을 박음질하듯 윤장대를 돌리며
새처럼 울던 우리 엄마

당신처럼 살지 말라며
서울로 올려 보낸 자식들
등록금 보내라는 편지 들고
이장네 집으로 걸어가던 검불 같은 뒷모습

문맹의 어머니 가신 뒤에도
그게 상처인 줄
아픔인 줄,
나는 알지 못했네

내 슬픔의 크기만 말했네
내 감정의 깊이만 재었네

당신 가슴에 맺힌 응어리
윤장대를 돌리며 속울음하고 있었다는 것을
나는 알지 못했네

바다가 운다

바닷가 모래밭에
폭염특보가 날아들었네 그들의
발자국은 분홍이 되었으므로

햇살의 무게를 사선으로 접안하던 등대가
수평선 너머를 서성이던 날 오소소 바람에 실려
갯메꽃이 피었네

해수면 가득, 온난화라는 단어가 생길 때
양식장 아래는 꽃잎이 돋지 않아 바다는 바람을 모았네
촘촘히 모아진 바람의 뼈가 그들만의 방식으로
치어들을 보호하기로 했네

적조가 걸어간 자리마다
물고기들이 뜬 눈으로 죽어 있네 바래길 끝에서
죽은 물고기를 끌어안은 아낙들이 달빛에 몸을 씻고
하느작하느작 그들의 요람으로 들어갔네

먼 곳에서 밀려온 부유물을 말갛게 걷어내는
바닷가 사람들은 몸과 짓으로 엮어진 파도의 마지막 숨을

물너울이라 부른다네

너울은 서로의 목덜미를 밀고 당기며
들숨과 날숨의 한계점을 짚어 가는데, 망사리 가득
죽은 새끼를 품은 어미의 눈은 물을 채우는 그릇일까
밀어내는 도구일까 바다가

운다
살갗을 데인 것처럼

슬픈 이야기

마당가 백일홍이 늙어 가는 계절
하루 종일 동그라미만 그리던 나는
잔기침 콜록거리는 할머니 방에
그림자처럼 앉습니다
가만히 할머니 살결을 쓸어 보다
축축한 아랫도리에 왈칵
두려움이 몰려옵니다
더듬더듬 옷장 서랍을 열었는데

빛바랜 사진 한 장
할머니의 미소를 처음 보았습니다
유복자 하나 남겨 놓고 징용 간 할아버지를
어둠이 질 때까지 사립문 열어 놓고 기다리셨지요

할아버지 생각에
밥 한 끼 맘 편하게 못 드셨지만
늘 정갈한 매무새,
기약 없이 기다리던 할머니에게도
낯선 설렘이 있었네요

서랍 속 꽃무늬 팬티 한 장 꺼내
볼 위에 비벼봅니다 따뜻한 할머니 온기
가슴 깊이 파고드는 저녁

기억이 자꾸만 흐려진다는
슬픈 이야기를 들으며
계절은 쑥쑥 자랐습니다

제2부

금동의 미소를 어루만지다

　대향로 앞에 서자 금동의 향연이 은하처럼 펼쳐진다 화염의 연꽃 비상하는 용의 머리 위로 신비의 광명이 자리 잡은 향로는 잃어버린 백제의 미소를 품고 있다 베일에 감싸인 역사의 얼굴 하나하나 올곧게 풀어지는데, 산뜻하게 피어난 꽃잎이 연화화생으로 펼쳐진다 오늘이 어제를 업고 함께 묵을 자리를 찾는 너볏한 시간이 흐른다

　봉황의 묘음에 귀 기울인 기러기의 자태는 봉래산 원앙을 닮았는데, 선계의 악사들 각기 다른 악기로 음악을 연주한다 향로 안에 연기처럼 피어오른 한 세계를 순백의 경험인 듯 바라보고 있는데, 익숙한 것들끼리 기댄 풍경이 진저리치도록 아름답다 물웅덩이 속에서 건져 올린 향로의 내면이 이토록 아름다운 서사를 내장하고 있었을까 금동의 살갗을 깊이 품어준 진흙이 환한 미소를 빚는다

당신의 그림자로 남아

맞배지붕에서 뚝뚝 떨어지는 빗방울

눈물 같은 그 소리를 사랑했네

구름은 허공 가득 그늘을 만들고

배흘림기둥은 서로 마주보고 있는데

바람처럼 떠난 당신의 그림자로 남아 있는 나는

선운사 담벼락을 서성거리네

그대 부드러운 눈빛이 그리운 날에는

무명의 목어가 되어 담장을 넘네

묵은 향내 일렁이는 사당

별빛 받아 내던 댓돌이 나를 반기네

동백은 잠이 들어 고요한데

적막을 헤집는 빗소리, 눈물 같은 저 소리

두 손을 모으면

마디 헐거운 풍경이 탑을 이루네

자화상
−프리다 칼로

양말을 겹쳐 신으면

감정의 테두리를 벗어난 이울음처럼
통증은 빠르게 혈관 속으로 스며들었다

창가에 햇살이 늘어진다 숨바꼭질 놀이에서 주먹을 쥐면
그림자가 한 뼘 더 자랐고 서성이는 욕망은 점점 차가워
졌다

상처 난 몸이라고,
상처가 깊어서 붓을 들었다고 일러 주는
독백의 정수리 같은 날들

눈썹을 짙게 그리면 잘려 나간 손톱처럼
탱자나무 이파리가 시들어 갔다 이별에 이별을 더하며
잔인하게 솟구치던 눈동자

달의 정원에서
기다리겠다던 약속은

무릎이 자꾸 꺾이는데, 손끝이 기억하는 농도 속으로
다음 행선지가 도착했다

그림이 아닌 추상과 흘러내린 머리카락
올올이 흩어지는 빛의 여운은
춤인가
바람인가

미술관 벽면에 쇠사슬처럼 묶여 있던 분노가
몽환적으로 흘러내렸다

검은 레이스가 달린 새장

그늘을 엮어 새장을 만듭니다

깃털 사이로 피어나는 무지개를 보세요
짹짹거리는 이 어린 것들을

비밀은 문명이 될지 모르지만
곤줄박이는 햇볕이 없는 숲에서도 제법 근사합니다

골짜기를 밀고 가는 회오리처럼

세탁기에 낡은 생각을 돌리다 말고
하얀 것들에 대해 적어 봅니다
휘핑, 해일, 거품⋯⋯
얼룩이 남아 있는 셔츠와 쓰다 만 일기

바람은 잠이 들었는데
케이크를 자르기 위해서는 몇 개의 눈동자를 올려야 할
까요
얼마나 많은 생크림을 꽂아야 하는지
초대장 없는 계절이 허공을 버리기 시작합니다

둥지를 날아간 새들은
부리가 자라고 있겠지만

기억이 사라지는 날
난 검은 레이스가 달린 새장에 염료를 풀고 있겠죠

폐선

포구 언저리에 당신을 묶어 놓고
갈대숲 흔들리는 뭍으로 올라 왔습니다 서걱거리는 선실
만선의 고기 다 부려 놓고 진흙 위로 미끄러지는 상처를
미처 보듬어주지 못했습니다

당신에게선 언제나 비릿한 냄새가 났지요
그 냄새가 부끄러워 먼 길 돌아 집으로 가는 길
출렁이는 계절이 철없는 발자국을 따라오면
에일 듯 스치는 그리움에 몸서리치곤 했지요

등대를 버리고 떠난 선주는 어느 별을 떠돌고 있는지
소식 끊긴지 오래, 줄 맞추어 늘어선 아이들은 늘 흔들
렸고
짙은 안개 깔린 포구에 해일처럼 솟구치던 뱃머리
그 뱃전에 바람이 든다 하셨지요

삶이란 것이 그렇게
그림자도 없이 밀려왔다 사라지는 너울 아니던가요
당신이 걸어온 계절을 낡은 사진첩에 끼워 놓고
해독이 어려운 점자처럼 들여다봅니다

생각해 보면

바람 부는 날이 더 많았던 바닷가

행여 자식들 다칠까 가만가만 어루만지던

당신의 흔적을 저문 노을이 쓸고 가네요

너에게 브레이크를 선물하고 싶어

바람의 방향을 바꾸며

달의 흔적을 지우고 간 네가 있다

허공의 날개를 뒤집으며

거꾸로 매달린 상처를 어루만지던 네가 있다

공백으로 남겨두었던 너를 은유의 속도로 읽는다

공기와 물방울로 너의 얼굴을 만들어 줄까 넓은 정원이
있는 집을 지어줄까

문을 열면 해석이 어려운 점자들

난해하게 이어진 하루가 역마다 사람들을 토해낸다

정류장에 두고 온 나를 찾으려고 고해성사를 하던 날, 버
스는 지나갔어

머그잔 속에서 식어 가는 감정을 쓸어내리다 문득

속도를 높이는 너에게 브레이크를 선물하고 싶었지

젖은 나무와 빛바랜 손수건

저마다 다른 슬픔을 입고 있는 사람들에 대해 생각하다

비상계단 탈출구를 바라 본다

나는 아직 잠실에 있어요

당신이 봄을 보냈나요

연분홍 꽃잎이 톡톡 터지면
나의 일상이 궁금해 잠실대교를 넘어오던 당신

어쩌다 오시는 길 잃었나요 지난날
당신을 마중하던 사거리에 꽃등 하나 걸었습니다
늦은 절기가 보내는 고백인 양
남단 신호등에 달무리 일거든 좌회전을 하세요
지금 이곳에는 토지거래허가제가 풀리지도 않았는데
부동산 열기가 들불처럼 번지고 있답니다

그래서일까요 잠실역 8번 출구 앞에는
복권을 사려고 줄을 선 사람들이 즐비해요
나는 거실 창가에 앉아 꿈을 사는 사람들을 풍경처럼 바
라봐요
혹여라도 당신이 이곳을 지나다 복권 사는 사람들의 행
렬인 양
나의 창문을 올려다볼지도 모른다는 생각에

나는 이 거리가 변하지 않았으면 좋겠어요

어쩌다 당신이
낡은 세단을 몰고 휘영청 내게로 와 준다면
서로의 가슴 속에 내재되었던 그리움이 펑펑 터지겠지요
그런데 그립다는 형용사는 어떤 마음일까요

그 마음 오래도록 간직하고 싶어
꽃 진 자리 돋아난 새순처럼 반짝이며
나는 아직 잠실에 있어요

겨울의 징검다리

눅눅한 감정에 집중하자 눈이 내렸다

젖은 풀포기
기울어진 눈동자는
깜박일 때마다 물방울 떨어지는 소리가 났다

버려진 줄 모르고
낮달처럼 주춤거리던 아이는
검은 비닐봉지에 내장된 허기를 핥으며
이백 원짜리
달빛 두 개를 훔쳤다

징검다리가 필요했지만 겨울의 채찍이 도착했다

강 건너 빌딩 숲에는
이글거리는 별들의 세상
저 이력 속으로 날아들기 위해 도움닫기를 한다
졸음의 목덜미를 움켜쥐고
울타리 밖에서

검은 모자를 눌러 쓰자 목련꽃 한 송이 흘러내렸다

어둠의 꽃들은 왜
날마다 사라지거나 피살되는지 남자는
서랍 속 깊이 묻어둔 무기를 버리고
골목 끝으로 걸어갔다

여자도汝自島 여자들

눈알 까만 방죽에

호미날 지나는 소리
한 줄 긁을 때마다
저마다의 푸른 꿈들이 자리를 잡습니다
너울거리는 파도를 따라
이리저리 온몸을 흔드는 여자도汝自島
관절이 삐거덕거립니다

주사를 맞아야겠습니다

낯선 의사는 뾰족한 침엽수를 닮았습니다
남편의 해소기침이
쓰고 버린 콘돔처럼 미끄덩거립니다
여자들은 개흙 울음보다 골 깊은 관절염을 밀고
그믐달처럼 저물어 갑니다

연골 닮은 바지락이 바구니에 채워지면
풍선놀이를 하던 사내들이 바람을 흥정하러 어판장으로
갑니다

어판장에 모여든 사람들은 그들만의 언어가 있습니다
손가락을 모았다 펼치면 그 사이로 흘러내리는 모래알
처럼
손가락 놀이는 생존입니다

밥상 앞에 모여 앉은 아이들은
사랑해라는 말을 배우기도 전에 해루질을 익혔습니다
여자도汝自島 여자들은 늘 풍선을 불었고
매일 섹스를 했습니다 그리하여

의사의 소견서는 파장입니다

소금꽃

타지를 떠돌던 마음
집으로 곧장 들어가지 못해 신당으로 갑니다

내 어릴 적
장삼자락 펄럭이며 무구를 흔들던 할머니
신당 옆 밤나무는 매년 색동옷 갈아입고
신령한 언어를 할머니 몸속으로 실어 날랐지요

아이들은 오색 천을 머리에 두르고
돌부리에 올라서서 작두 타는 시늉을 하며
굿거리 타령을 흥얼거렸습니다
풍랑에 쓸려간 막내 아재의 아물지 못한 혼령이
서해 바다 푸른빛으로 출렁인다는, 하얀 고깔 속 할머니 몸짓이
시리도록 단아해 작은 발걸음 종종 당집을 맴돌았지요

둥 둥 용머리가 들썩거리고
외씨버선 사뿐사뿐 무명천 가르며 서녘으로 솟구치는 날이면
어머니는 밤나무 밑동에 소금물을 한 바가지씩 부었지요

눈물 섞인 물바가지는 신당을 병들게 했고
죽어 가는 밤나무를 바라보며 아이들은 한 마디씩 자랐
습니다

밤나무 그루터기에
달무리 내려앉은 고향 집

어머니 자리보전하고 누운 아랫목에는
달빛보다 더 하얀 소금꽃이 피었습니다

귀와 잎사귀에 관한 사유

☆

귓불이 흔들릴 때 나뭇잎은 뼈의 속도를 읽어요 거기 나이테가 있네요
　허공이 자라는 귓바퀴처럼

　이소골은 잎사귀 악보에 음표를 그리지요

　느릿느릿 향기가 들어와요 이제 엽록소 줄기마다 청음의 계절이 흘러요
　소리마다 비바람 매달고 떨어지는 낙엽처럼

☆

　숲을 향해 귀를 열면 꽃잎은 어제처럼 벌어진다
　들판에서 풀을 뜯던 햇살이 손을 잡고 걸었다
　잎맥들 두런거리면 모루골처럼 흩어지던 꽃가루
　머물러야 할 곳을 놓치고 바퀴를 두드리는 물방울
　동그라미를 타고 달리는 바람에 길고 가는 잎사귀 갈라진다
　봄날에 내려온 벌 나비를 업고 흔들리는 귀엣말
　손금처럼 펼쳐 놓은 음파는 외이도를 지나 새벽으로 간다

☆

버짐나무 어긋난 잎사귀들

길게 늘어난 메니에르, 사라진 반고리를 찾아 떠나네

어제와 기울어진 각도 사이를 달팽이들 빠르게 들락거
리네

여기는 청각의 정원 전정기관, 굴참나무 이파리 노래가
되어 퍼지네

뿌리의 탄성이 툭툭 터지는 잎맥처럼

우리가 휘어져 서로 닿을 때

낡은 수평선이 흔들린다

해안가 포말들 점점이 흩어지는데
선착장에 닻 내리는 소리 들리지 않아
손끝이 아리도록 너의 이름을 받아 적었다

스치듯 지나는 부둣가에
빛바랜 기억들, 푸른 물방울로 떨어졌다

양은냄비 속에서 익어 가던 홍합처럼
저녁의 감정이 무르익을 때
아름다운 나타샤를 배웅 나간 목선은 돌아오지 않고
폭죽 소리 요란하던 해안가

민박집 아저씨는 왜 거짓말을 했을까

거짓말 뒤에 가려진 우리들의 밤은
공명을 끌고 가는 흰 당나귀처럼
가난하고 지루하게 방파제를 넘었다

그 옛날
부둣가에 세워 둔
흑백 미소를 오래도록 기억하고 싶다

우리가 휘어져 서로 닿을 때까지

하구언

　생각해 봅시다 강둑은 누구의 의자입니까 연어가 돌아오는 계절인데 수문을 열지 않은 건 바람의 밀고 때문입니다 검은 척추를 가지고 태어난 강바닥이 그림자의 단면처럼 기울어집니다 가문비나무는 등받이와 잘 어울리는 숲을 가졌습니다 햇살이 갈대 사이로 발가락을 꼼지락거리는 오후, 풀숲을 헤매던 고라니 한 마리 모래무지의 늪에 빠졌습니다 나무의 곁을 지키던 계절풍은 빠르게 물의 수위를 조절합니다 검은 부리를 움켜쥔 철새들이 끈 떨어진 연처럼 하구언을 떠나는데 아직도 서열적으로 놓여 있는 의자에 대해

　궁금합니다 강물은 누구의 젖줄입니까 순종적인 성향으로 자라는 수초들이 이리저리 흔들리는데 유속의 흐름을 조절하지 못한 건 저물녘의 질투 때문입니다 가문비나무의 부름을 받아 기생을 일삼던 왜가리들이 녹조 라테를 마시며 심연 속으로 사라졌습니다 그리하여 강이 다시 생기를 찾았다 하니 다릿발은 건드리지 마오 열대야의 계절이 지나고 보洑가 살아났을 때 거친 물살을 타고 올라온 연어는 새끼를 품고 있었다 합니다 구름의 행렬을 뚫고 햇살이 피어나듯 물비늘 반짝이는 하구언, 자리를 옮아앉으며 썩어 가는 물줄기를 방치하던 사람들이

제3부

고우니생태길

달팽이 한 마리
갈대숲 우거진 갯벌을 기어갑니다 갯벌은
매듭 풀린 리본 같아, 한 송이 꽃으로 피어납니다
하늘과 맞닿은 수평선 끝자락에서
축축한 페이지를 넘기다 보면
모래 바닥에 가로놓인 나무토막이나
깨진 유리 조각에 상처를 입은 날도 있지요 그런 날은
바싹 마른 몸을 이슬로 축이며 지친 하루를 털어 냅니다
느린 걸음의 봉분처럼
끼룩끼룩 갈매기 울음 불러들이고
저문 햇살 끌어안은 바람이 꼬리를 물고 돌아가는
다대포 해안가
데크에 걸린 계절이 방향을 바꾸면
부드러운 부리로 몽돌을 쪼아 대는 갈매기처럼
둥근 몸을 말아 별빛 총총한 도시를 건너야 하지만
낯선 풍경을 두려워해선 안됩니다
달팽이의 몸부림, 그 느림의 미학을
꼼지락꼼지락 밀어 올리는 고우니생태길

압화

서로의 마음이 닿지 못해
책갈피 속에 갇혀 파닥이는 문장들
지워버린 구절이 어떻게 귀퉁이에 박혀 있는지

머뭇거리던 지면을 가만히 어루만지자
허공에 매달린 나무의 모서리가 슬쩍 문을 연다
행과 행 사이 그들만의 질서가 가지런하다
흐린 눈동자로 밑줄을 그으니

소리가 자란다
나는, 그걸 독백이라고 이해한다
그래야 책꽂이 사이에 꽂힌 새벽이 어둠을 통과할 테니

손가락 끝으로 열어 보는 서사
한 올 한 올 맺은 인연에
밑줄을 긋듯 목차가 펼쳐진다

몇 번을 마주해도
표지의 제목은 낯설고
프롤로그 한 마리 빠르게 지면을 날아간다

허공으로 흩어지는 초록(抄錄)
잎사귀 따라 까만 열매 왁자지껄 쏟아지면
페이지는 귀를 접는다

낡은 메타포 주머니
문자가 살지 않는 책갈피에 압축되었다
우린, 그걸 압화(押花)라고 부른다

도마

탄마가루 듬뿍 뿌리고
날자, 날아 보자는

사내의 눈동자를 바라보는 어머니

훌훌, 도마 위에 밀가루를 뿌린다 어머니 도마에는 부르지 못한 노래가 있었다 그 노래는 허공을 떠도는 바람이었나 시장 골목 국숫집에 바람 따라 떠도는 사람들 나란히 어깨를 맞대고 앉는다 간절한 마음은

텔레비전 화면을 따라간다

곧게, 두 팔을 벌린 사내가 화면 속에 있다 차곡차곡 다져진 근육질의 몸으로 구름판을 딛고 도마 위에 펼쳐 놓은 곡선은 바흐의 선율처럼 부드럽게 흐른다 저 사내가 돌아온 동작 뒤에는 기록이라는 공중이 생겼다

사내의 허벅지에 눌러 논 젊음이 땀으로 흥건하다 바지락국물 진하게 우러나는 국숫집 벼름박에는 이국의 사내들이 새겨 놓은 낙서가 먹다 남은 국숫가락처럼 웃는 연습을

한다 바람 빠지게 웃는데

　골다공증이라네
　뼈가 숭숭 뚫린 어머니가 밀가루 반죽을 치댄다 사람들은
칼국수를 후루룩거리며 인생이란 파도를 탄다 바다는 바람
의 무게만큼 발돋움을 한다 메달을 건 사내가 사라진 화면
처럼 어머니는 펼쳐 보지도 못한 날개를 접어 도마 위에 올
린다 바지락 벌어지는 소리 우우

　창문을 넘는다

트랜스휴먼

체중계에 올라서면 마이크로 칩이 내장된 피부에 스크
린이 떠요
문화 섭취량은 50g 늘리고
운동은 조금 줄이라는 기계와 마주 앉아
밀웜을 먹어요

self driving 자동차에 앉아 화장을 하며
차창에 펼쳐진 스케줄을 읽어요
목적지를 인식하고 달리는 창밖의 거리는 새롭죠

늙지 않는 미래가 온다고 해요
그럼 뭐하고 놀죠

의사가 없는 병원, 닳지 않는 텔로미어는 우물 속에 빠
진 낮달 같아요

인간이 로봇이 된 세상, 일자리에 대한 꿈을 잃어버려
기계와 운명이 바뀌는 걸까요

프로젝트 파일 위에 떨어진 잉여를 뜯어 먹는 사람들

인간의 뇌와 인터넷이 결합된 트랜스휴먼으로 태어날까
요

기계 인간이 좋아요
살아 본 적이 없으니까요

HMD 안경을 쓰면 통역되는 언어
학교가 없는 행성에서 입학시험의 전설을 얘기하면 안
되나요

타임머신의 침묵, 2초에 한 번씩 들여다보는 스릴러 화
면은
저녁의 감정을 읽으며

내가 너이고, 네가 나인
내일은 휴일

자주달개비

시골집 개울가에 지천으로 피어난 꽃
한 다발 꺾어와 화병에 꽂았다
뿌리가 끊어진 채
집 안 가득 펼쳐 놓은 낯선 비밀
방사선에 노출되면
꽃잎이 하얗게 바뀐다는 너는
지표식물

그녀의 머릿속이 흐려진다는 건
뿌리가 끊어지고 있다는 신호였지
신발을 벗어 놓고 맨발로 나간 건 실수가 아니었어
집으로 돌아오는 길이 낯설어 숨바꼭질을 했지
당신은 술래
사람들은 모두 숨고

집이 어디냐고 물으니 '밥 줘'
구급차에 실려 온 그녀가 병실에 꽂혔다
잘린 발목을 곧추세우고
꽃잎을 닫고 있는 자주달개비처럼
끊어진 기억 속으로 수액을 받아들이는

하얀 손목이 낮달처럼 시린데

그녀의 침대 밑에는
보랏빛 꿈이 자라고 있다

놀이공원에는 이정표가 없어

우리는 놀이공원으로 갔다

입장료는 균등하게 책정되었다
형식이라는 절차를 통과하고 놀이공원에 들어섰지만
이정표가 없었다
명절이 지나면 기일, 기일이 지나면
막강한 경제력을 쥐고 있는 시아버지의 생신 이날은
먼 곳에 사는 일가친척들까지 다 모여 밥을 먹었다
하물며 캥거루 시동생의 생일까지
남자들 위주로 돌아가는 놀이공원에서
멀미가 났다
공중에 둥둥 떠다니는 풍선처럼 허둥대다
난 명함을 버리고 엄마가 되었다

풍경처럼 흘러가는 엄마여서 아팠다
가끔 비가 내렸다 빗방울은 자꾸 자세를 바꾸었다
그 속에 갇힌 감정들을 들춰 보면
엄마라는 이름의 분주함만 가득했다
우산도 없이

새로운 명함을 찾으려고
자동차에 시동을 걸던 새벽, 안개가 따라왔다
안개주의보는 계산되지 않은 함수였다

행사장 입구에서 펄럭이는 바람 인형처럼
결혼이라는 함수의 값을 제대로 이해하지 못해
이리저리 흔들리는
나의 이력

가족사진을 배경으로 걸었다

초간정사

그대 떠난 자리

달뜬 걸음을 재촉하던 바람은
선현의 족적인 양 도도하여 붉은 맨드라미로 완성되고

서너 생을 건너와
층층 돌 기단 위에 정자를 올린 것은
금곡천에 가라앉아 흐려진 서체 때문인가
그대, 아직 갈무리하지 못한 페이지는
다음 계절을 위해 잊은 듯 남겨두기로 하세

그럼에도
팔작지붕 너머 얼비치는 연緣 있거든
저녁 햇살처럼 붓을 들어 생의 마지막 인사인 듯
한 폭의 수채화로 펼쳐 보세

한 걸음 비켜 서서

화선지 위에 획 하나 그으니
난간에 묶여 있던 배경이 자세를 바꾸네

청새는 나를 밀어 돌아가라 하는데
자배기에 뚝뚝 떨어지는 소나무 맑은 향이
술 한잔하고 가라네
처마 끝에 걸린 낮달이 노송의 굽은 등에 빗금을 그리듯
그대와 나 마주앉아 고즈넉함을 마셨네

주거니 받거니
풍경을 밀고 가는 초간정사

자녀 요리 백과

　　큐,

　　여자가

　　주방에 앉아 양파를 까고 있다 준비된 재료를 믹서에 돌리자 매운 향이 속눈썹 깊이 스몄다 그녀의 앞치마에는 물컹한 계절이 걸려 있다 가느다란 손마디가 개수대 위로 흐르고 빛이 없는 곳에서도 고추장에 물엿을 풀고

　　학부모 모임에서 만난 사람들과 정보를 교환한다 부지런히 발품을 팔고 좋은 자료를 모아 특화된 학습을 강행하지만 아이의 실력은 늘 고만고만하다 여자는 잘 저민 앞다리 살에 후추를 뿌린다 매일 요리를 하는 게 지겹지 않나요 카메라의 날카로운 눈빛이 여자를 지켜보고 도마 위로 정적이 쏟아지는데

　　여자는 묵묵히 양념장에 햇살을 섞고 있다 빛을 풀어내는 계절이 다가와요 그런데도 차분하게 양파를 까고 마늘을 다져 고기에 버무려 정성껏 볶아 낸다 창가엔 눈부시게 하얀 구름이 떠다니고 프라이팬에는 온기가 지글지글

그런데 누가 두루치기를 먹나요 아무리 둘러봐도 밥을 먹는 사람이 없는데 양파를 까고 고기를 재우는 여자는 바쁘고 아이는 히키코모리, 세상이 고기를 너무 많이 재워서 두루치기가 넘쳐난다 양파를 까는 여자의 눈에 눈물이 흐르고 육즙이 흐르고 텅 빈 식탁은 차갑고

컷,

앞치마가 낙엽처럼 휘날리고 있다

기억은 조각하는 게 아닌가 봐

허름한 식당에서 묵을 먹는다

앞쪽 테이블 남자가 두꺼운 안경테를 올리며
벽에 붙은 차림표를 훑고 있다

도토리묵
메밀묵
막걸리
.
.
익숙한 메뉴판이 놓여 있는 이곳에서
우리는 묵을 먹었지

젓가락으로 집으면 끊어지고
숟가락으로 뜨면 미끄러지는 묵이
나를 닮았다고, 그랬지

꽃은 떨어지고

창가에 마주앉은 사람들이 빈 가지처럼

팔을 뻗어 건배를 한다

그때, 우리들의 건배는 아팠다

너는 가고
어쩌다 나는
꽃 진 덩굴처럼 이곳에 남아
담장 위로 스러지는 기억을 조각하고 있나

굽다리접시

저는 괴정동에서 태어났어요
얼마나 많은 계절이 스쳐갔는지 알 수 없지만
붓끝으로 저의 속살을 살살 헤집던 고고학자가
몇백 년은 족히 흘렀다고 하네요
어느 대감마님 집에서 귀한 대접 받다가
만장을 휘날리며 앞서가는 족장의 장례 행렬을 따라
여기까지 왔어요
함께 매장된 부장품들은
놀란흙을 끌어안고 어둠의 뼈가 된다는 걸
그의 후손들은 알까요
그때부터 매끄러운 테두리는 빛을 잃고
온몸에 실금이 가기 시작했어요
칠흑 같은 어둠 속에서 긴 세월을 견뎌왔지만
눈부심처럼 빛나던 고결함은 져버리지 못했습니다
무덤 속 유물들은
한 사내의 섬세한 손놀림으로 다시 빛을 찾았어요
다른 계통의 유물들도 저처럼
모서리를 곧추세우고 박물관 유리벽 안에 자리를 잡았
네요
이제 고분을 기억하는 건

부서진 햇살 아래 우뚝 솟은 아파트 외벽이지만

괴정동 사람들은 알까요

돌무지덧널무덤에서 태어난 저를

그루밍

길고양이 한 마리 찾아들었다
집사의 손에서 벗어나
어느 낯선 길을 떠돌던 고양이는
사차선 도로를 건너 쥐똥나무 촘촘한 울타리 속으로
엉거주춤 한 발을 옮기더니 두 눈을 반짝인다
소란이 함석지붕을 밟고 지나가듯
노을이 탱자나무 울타리를 빠져나가듯
축 처진 꼬리에는 저녁 어스름이 묻어 있다
어두운 골목을 헤매다 온 것일까
놓인 자리에서 한없이 기다리던 주인을
어느 먼 별자리로 묻어 놓고
사람들 무리 속으로 접어든
고양이의 몸에서는 결핍의 냄새가 났다
뒤꿈치에 단단한 그림자를 걸고
불안의 걸음을 걷고 있는 고양이
부조리의 옷을 입은 사람의 모습일까
바람의 궤도를 따라
부드럽게 흔들리는 털의 입자들
두 귀를 바짝 세우고
살아야 할 의미로 다가오니

이제 세상을 향해 마음을 열어도 되겠다

노루발 사이로 감자가 자랐다

꽃을 꺾어본 기억이 없어요 그런데 손가락 마디마다 상처가 자라고 있네요 꽃대가 잘렸을 때 흘러내리던 어긋난 꿈처럼

양분이 줄기로 올라가면 감자알이 작아진다고, 엄마는 풍경처럼 웅크리고 앉아 감자순을 쥐어뜯어요 미처 여물지 못한 동생들은 나를 도회지로 보냈고

하염없이 비가 내려요 와이퍼가 움직이는 쪽으로 오월이 가고, 그 반동으로 흙길 위에 벗어 놓은 그림자는 감자밭의 풍경을 오래도록 읽어요 나는 어머니가 솎아낸 감자꽃, 움켜잡을 허공이 필요해요

노루발 사이로 피어난 꽃무늬 봉투를 고향으로 보내면, 이제 막 영그는 감자처럼 어머니 치마폭에 매달린 동생들이 한 걸음씩 발돋움을 해요 일요일도 기념일도 없는 도시의 휴일은 언제나 낯설고

하지의 햇살처럼 말랑말랑한 유월이 오면, 마트마다 굵은 감자들이 매대 위에서 키 재기를 해요 키를 잰다는 건 서

로의 몸 속에 감정을 섞는 거래요 난 어떤 모양으로 유월의
감정을 안아줘야 할까요

로봇

뚜벅, 다리를 든다

체중을 유지하는 낯선 근육질
움직임이 탄탄하다
반듯한 각도의 꺾임,
나사못 하나 없는 정교한 조립이다

등에 장전된 배터리에
숨을 불어넣자 움직이는 두 팔
손을 모아 공손히 인사를 한다
작은 오차의 실수도 없는 센서의 작동

정교한 오목과 볼록의 세계
뒤뚱거리던 다리에 알약 하나 끼운다
걷기, 뛰기, 호핑

인공관절센터에
무릎 연골 다 닳은 노인들
낡은 감정을 바꾸기 위해
시뮬레이션을 기다리고 있다

제4부

풍경을 매만지면 오월이 온다고

생장점을 잃은 꽃송이들
햇빛 쏟아지는 광장에
하나하나 거꾸로 내다 걸었다

한군데 묶어서 말리면 곰팡이 피고, 마른 뒤에는
제 향기를 속으로 삭이는

꽃은 이미 풍경이 되었다

모퉁이가 되어 버린 바람의 집과
향기로 가득했던 거리

먼 곳에 마음을 둔
당신과 보폭을 맞춰 걸으며

오월은
마른 꽃처럼
계절에 맞는 인사를 한다

영동대장군백제사마왕

고백하오니

이제 문을 열어주오 후대의 근간을 세우려 온몸에 빛을 담고 그대 문 앞에 앉아 돌문이 열리기만 기다리오 사마가 굴식돌방에 잠겨 깊은 잠이 들었을 때 난 웅진의 왕을 위해 아무것도 하지 못했소 덧널에 햇살이 쏟아지고 비바람이 덮쳐도 그대의 단단한 육체는 역사의 자리를 지켰소

어둠을 털고 일어선 무령의 발자취는 빛났소 고고학은 하늘이 내려준 유물은 지켰지만 적들의 계략이 반음씩 높아져 껴묻거리의 위치는 틀어졌소 지석 위로 철썩이는 바람이 그대의 울음이었다는 것을 나의 귀는 듣지 못했소

돌계단 밑에 앉아 그대의 숨결을 불러보지만 세상은 온통 도굴과 약탈뿐이어서 융이 보내는 당부를 지키지 못하였소 비밀을 간직한 널길이 열리면 그대의 광채 나는 전축분 쏟아질까 두려웠소 미처 해석하지 못한 약속은 충성을 명함이라 믿겠소 장수의 옷을 입고 천하를 얻으려 힘차게 달리던 말발굽 소리는

백제의 별이 된 것을 믿겠소

세한도를 기리다

허공에 비스듬히 기댄 소나무
휘어진 가지 옆에는 작은 오두막이 있지만
나무는 지붕 위의 햇살을 훔치지 않는다
창문 하나 그려진 오두막과
성긴 가지에 듬성듬성 잎을 매단 고목이
냉혹한 계절이 지나가길 기다린다

소나무는 바람벽 하나 없이 허허 벌판을 지키고
잠시 머물다 갈 사내의 힘찬 붓질은
멀리서 들려온 소식에 경세의 먹물이 번진다
굽은 나무는 유연해지며 제 마음의 뿌리에
솔잎 하나 떨군다 철새들 떠난 빈 가지가
냉혹한 현실을 흔들어 깨우자 오두막은
허공에 회초리를 휘두른다 몸이 없는 허공은
멍이 들지 않는다
유배도 가지 않는다

곧음과 휨의 분별처럼 소나무와 오두막 사이에
오래도록 이어온 인연이 서로의 안에서 간당거린다
상적은 오히려 세한도처럼 강인하고
추사는 해 저문 풍경처럼 고즈넉하다

차강티메

풍경처럼
모래바다가 들썩인다
하늘과 맞닿은 능선이 흔들릴 때마다
온몸으로 느끼는 갈증
고비를 넘어온 낙타의 등에 먼지를 쓸어내리며
커다란 귀를 바라보는 유목민의 슬픈 눈
아무렇지도 않은 듯 먹이를 주고
젖은 감정으로
목덜미를 쓰다듬는 손길이 반듯하다
예고된 이별은
밤하늘을 메고 서성이는데
구름은 쌍봉을 닮아 간다
등에 얹은 가죽을 벗겨서 두드리면
북소리가 애처롭게 울리는 밤
덜컹거리는 사구에 앉아
아무 일 없다는 듯
주인의 어깨를 쓰다듬는 갈기
제 엉덩이를 툭툭 건드리는 짐승의 울음이
바람의 뼈가 된다는 걸
그때 알았다

사막 한가운데서 고삐를 풀면

검은 모래바람이 마두금을 훑는다

중랑천

바람의 방향을 놓쳐
수면 위로 뛰어오르는 갈겨니
짧고 뭉툭한 주둥이는
굶주림으로 일그러져 있다
비릿한 물속을 헤엄쳐 온 등줄기가
푸르게 흔들린다
물 흐름이 바뀌길 기다렸다
상류로 올라가려는 점박이 무늬들
수초 사이에 걸린 오후가
반짝인다

물비늘 일렁이는 천변
억새풀처럼 떠밀려온 일용직 노동자
시류의 물살을 놓친 발걸음이
휘청대며 방향을 짚는다
막걸리 잔을 돌리며 옹기종기 앉은 어깨가
검게 타들어 간다
출구가 보이지 않는 허기들
빈 술잔에 걸린 낮달이
저물어 간다

중랑천 햇살을 기웃거리던

갈겨니 한 마리

허공을 날아오른다

연도 앞바다

푸른 계절이 자라는 여수에 가면
우리들의 꿈을 만날 수 있을 거라 생각했지요
바다가 푸르기 때문이 아니라
거친 물살을 헤엄쳐 다니는 물고기들의 산실이기 때문
입니다

심해를 유영하는 물고기들의 속삭임
깊은 돌무덤 속에서 알을 까든 얕은 모래무지에서 부화
를 하든
다 그들만의 의미를 가지고 있는 연도 앞바다

먼바다로 보내려다
보내지 못한 젊은이들의 쨍한 사연이 넘실대고
등 굽은 아낙들의 물질 소리는
회색 갈매기가 물고 온 봄소식처럼 반짝입니다

어머니 자궁 속에서
발가락 꼼지락거리며 배운 물놀이처럼
바다만큼 가슴 촉촉하게 젖어오는 곳이 어디 있습니까
미역과 고리매 넘실거리고 파래와 톳의 향연

물안개 일렁이는 플랑크톤의 밀애처럼 푸른 파도는
얼마나 황홀합니까

낭만이 출렁이는 바다
이리저리 뒤집히며 물결치는 파도를 보면서
인생도 저렇게 흔들리며 익혀야 한다고,
마주할수록 신비로운 저 바다는
우리들의 꿈과 미래입니다

백률사 흰 꽃

석가모니의 진리를 품에 안고
그대와 마주앉아 통증처럼 앓던 날
가슴에 새긴 부처는 나라가 열릴 때 생겼다며

비로나자불, 비로나자불

햇살이 자라는 석탑을 바라보며
대웅전 앞마당으로 들어서면
허공에 솟구친 숨결은 발자국마다 흰 등을 달았는데

순교비는 어디로 가고
나그네처럼 쓸쓸한 삼존불만 자리를 잡았나
목어는 둥근 목탁을 걸고
나무관세음

자하문 밖에서 따라온 바람이 기둥으로 세워지면
불상 앞에 엎드린 내가
또 하나의 나로 태어나네

경전 속 당신의 기별처럼

새로운 계절을 입고 부처의 온기를 들이는 밤

흰 피 쏟으며 떨어진 꽃

백률사로 피었네

오래된 의자가 있는 풍경

아버지 서재에 오래된 의자 하나
하늘 끝자락 노을처럼 흔들린다
긴 세월을 돌아온 바람이
머물 곳을 찾아 뒤안길 서성이는데

작은 텃밭에 먹구름 내려앉듯
초로기 꽃이 피었다
아버지 머릿속에 자리 잡은 검은 꽃잎은
가까운 기억부터 하나씩 지우며 줄기를 뻗었다
아버지는 흔적을 감추려고 책장 가득 포스트잇을 붙이고
익숙한 거리를 낯설게 걸으며
흔들리는 일상을 애써 외면했다

당신의 어제와 오늘을 유영하는 가족사진은
커튼에 가려진 피사체처럼 낯설다
아버지 머릿속에 핀, 망각의 꽃
그 누구도 가지를 잘라낼 수 없었다
휘파람새는 쉬지 않고 꽃잎을 쪼았고
꽃잎 떨어진 자리에 우표를 붙여
먼 곳에 닿을 안부를 묻는데

그 안의 풍경이 낯선 의자는 자꾸

길을 접는다

물이 든다는 건

바람 따라 찾아 간 월정사

말간 마당에 배롱나무가 물감을 풀고 있다

구름과 구름 사이, 빈 하늘을 펼쳐 놓고

다라니경을 읽고 있는 풍경 위로

화두 하나 떨어진다

물이 들면서 서로 닮아간다는데

평행선을 이루고 살아온 날들

속 깊은 곳에는 편견만 쌓여 있다

마음 에이던 상처를 조용히 다독이는 부처

소용돌이처럼

빗장 걸어둔 아픔이 발돋움을 한다

대웅전 돌계단에 앉아

서로를 묶어 두고자 했던 사욕을 뽑는다

내 몸에도 물이 들기 시작한다

태인 양조장
-죽력고

죽풍이 불면

나는 정읍으로 간다 서른 중반의 내가
한 남자를 따라 목적지도 모르고 갔던 태인 양조장

술 항아리 가득했네

지그시 눈을 감고
자진모리장단으로 항아리가 식기를 기다리던 명인
푸른 이마에 고즈넉함이 얼비친다

고운 한지 감싼 시룻번
가만가만 짚어 가는 손끝 사이로
황현의 〈오하기문〉이 낯설게 페이지를 넘기네
함거에 실려 가던 녹두장군
죽력고 세 잔에 기력을 되찾았다지
나는 녹두장군을 책으로 배웠고 활자로 습득했네
하지만 녹두꽃은 내가 좋아하는 꽃

노란 꽃처럼

넉넉한 기다림을 소줏고리에 고면
자배기에 뚝뚝 떨어지는
알싸한 맛

양조장 뜨락에
한 남자의 주름진 생이 저물고 있네

라인

인맥을 만드는
놀이를 하곤 했다 점과 점을 이어 선을 만들고, 선과 선
을 이으면
공간이 되었다 우리들의 게임은
늘 바빴다

사람들이 떠나고

심심해지면
허공을 쓱쓱 문질러 헐렁한 규칙을 지우고
다른 무대를 세웠다 대본 위에 광대들은
줄의 움직임에 따라

붉고 푸른 우리를 입었다 그 속에 온갖 짐승들이
진흙탕 싸움을 한다 교미의 계절이 되면 서로의 꼬리를
핥으며
두 귀를 팔랑거린다 독 오른 유권자들은 머리에 총알을
장전하고
꽃놀이를 떠난다

관객이 사라진 리허설

주연을 맡지 못한 늙은 기호는
다음 공약을 연기하기 위해 다른 줄타기를 해야 한다

탯줄을 끊고 세상에 나와
색깔로, 당의 산파역을 맡은 우리는
로고송 뒤에서 살랑거리는 바람을 읽어야 한다

에스라인 여배우가 화면처럼 지나간다

밥

우리는 밥에 관한 이야기를 즐겨 하지요
쌀밥은 탄수화물 과다가 되기 때문에
다양한 곡물을 섞기도 하는데

잡곡을 섞을 땐 물과 불의 농도가 중요해요

요즘은 밥을 잘 지어야 노후가 편하다고 하지요
뜸도 들기 전에 밥솥을 여는 일이 생기면 곤란해요
노후대책은 구멍이 뚫리기 쉬워
수저 놓을 때까지 관리를 잘 해야 합니다

가끔 남의 밥상에 슬쩍 끼어 앉는 사람들
제 밥그릇 챙기느라 큰소리가 오가고
격한 몸싸움이 벌어지기도 하죠

부동산만 가지고 계신가요
부모님의 생을 갉아먹는 2세들의 눈을 조심해야 해요
다툼의 발원지는 내부라는 것
차려 놓은 밥상을 송두리째 도둑맞는 일은 없어야겠죠
자식이 노후대책이라는 생각은 버리세요

편안한 노후를 보장 받으려면
국민연금을 바닥에 깔고 개인연금과 퇴직연금으로

삼층으로 된 밥을 잘 지어야겠지요

그랬으면 좋겠네

새말 재 넘어서면
오도카니 자리 잡은 내 고향 둔내
지팡이에 의지해
고목처럼 저물어 가는 어머니가
하얀 틀니 오물거리며 맨발로 맞아 주던
그 언덕배기 우리 집
살구나무 그늘 아래
두레상 펼쳐 놓고 도란도란 모여 앉아
구구단 외우던 아이들
그림자 꼭꼭 묶어 두고 서울로 떠날 때
동구 밖까지 따라 나와 눈시울 붉히던 어머니
고쟁이 속 지폐 한 장 쥐어 주며
끼니 거르지 말고 공부하라던
문맹의 우리 엄마
지금도 고향 집 앞마당에
햇살처럼 서 있었으면

그랬으면 좋겠네

'궁이공'(窮而工)의 연속성과 무한성

김재홍 (시인 · 문학평론가)

한 영화인은 누구보다 계절에 민감하였습니다. 나무와 풀과 꽃과 함께, 바람과 구름과 함께 전변하는 자연의 미세한 흐름까지 느끼며 그것이야말로 축복이라 여겼습니다. 봄, 여름, 가을, 겨울 그리고 다시 봄이 옵니다. 인간은 누구나 그 운행 속에서 살다 간다는 것을 그는 아주 예각적으로 인식하였습니다. 그것이 존재론적 통찰이었기에 그의 영화는 슬픔도 기쁨도 분노도 절망도 희망도 모두 포함하는 대긍정의 영상 언어를 구축할 수 있었습니다.

운동하는 자연은 시간적 연속성을 함축합니다. 인간이 살고 있는 세계는 처음을 상정할 수 없는 처음부터 끝을 상정할 수 없는 끝까지 단 한 번도 쉬지 않고 운동합니다. 여기서 '~을 상정할 수 없는'이라는 전제는 사이비 종교적인 도피도 아니고, 인식론적 불가지론도 아닙니다. 엄연한 사실입니다. 인간은 그렇게 연속되는 자연의 운동과 함께 사건을 만나고 부대끼며 스스로 그러한 삶을 살다 갑니다. 그 영화인의 작품은 사건과의 만남을 "지나감(passage), 방문이라는 역설적인 영원성과 결부"(알랭 바디우)시키곤 하였습니다.

그렇습니다. 연속성이란 지나감의 영원성입니다. 인간은 지나가지만, 인간들은 영원히 지나갑니다. 인간들은 영원히 사건의 지평을 지나갑니다. 여기가 바로 시간적 연속성과 공간적 무한성이 만나는 지점입니다. 인간들은 사건 속에서 무한의 공간을 접합니다. 세계는 낱낱이 떨어진 크고 작은 개별자들을 단 하나도 빼지 않고 연결합니다. 궁극적으로 고립된 개별자란 없습니다. 그러므로 인간들이 겪는 사건은 저 멀리 흐리디흐린 별빛으로나 느낄 수 있는 아득한 존재자들의 절절한 아우성이자 간절한 염원일 수 있는 것입니다.

영화의 본성을 '지나감'이라고 말한 바디우의 통찰과 마찬가지로 빼어난 예술 작품에는 연속성과 무한성이 번뜩입니다. 장르를 가를 필요는 없습니다. 영화도 회화도 연극도 무용도 사진도 음악도 문학도 그 어떤 것도 그것이 예술의 차원에 진입했다면 반드시 이 둘을 사유하고 있을 터입니다. 의고적 · 보편적 지향과 감각적 시어가 조화를 이루고 있는 원기자의 이번 시집 역시 이와 같은 사유에 근접하고 있음은 물론입니다.

그의 시적 사유는 시간적으로 자신과 근접한 시점을 우선 감각하고 있으며, 공간적으로 자신과 인접한 지점을 표현하고 있습니다. 이것은 시점—지점을 통합적으로 사유한 라이프니츠의 관점주의라 할 만합니다. 설마 라이프니츠를 17세기 바로크 시대의 '지나간' 철학으로 생각하시지는 않겠지요. 관점은 주관적 시선이 아니라 객관적 존재론이니 말입니다. 인간은 누구나 자신에게 주어진 관점대로 살다 갑니다.

곡선의 깊이를 밀어내다

원기자의 감각은 직선도 곡선화하고, 반대로 곡선도 직선화할 수 있습니다. 춤은 직선의 뼈가 만들어내는 곡선입니다. 또한 단속적인 곡선의 운동이 직선의 궤적을 만들어내기도 합니다. 그런데 「춤」은 직선—곡선의 변주가 시간을 만나 매우 날카롭게 인간의 비애를 시각화하고 있습니다.

빛이 살아나는 순간
어둠 속 분묘가 곡선의 깊이를 밀어낸다

기둥과 기둥을 맞댄
주춧돌 아래
파리한 남녀가 누워 있다

이것은 사후의 세계에 봉착한 최후의 의식이었다

두 팔을 구부려

서로의 각도를 유지한

성性과 성性이

하얗게 빛나는 인골 두 구

연못을 가꾸던 어머니와

아이들에게 사냥을 가르치던 아버지는

춤의 가락을 이고 낮달처럼 잠이 들었다

뼈와 뼈 사이

붓질이 지나가며 세상이 그대를 깨웠는가

갈비뼈로 새긴 천문

눈 코 입에 숨을 불어넣자

흙무덤을 걸어 나오는 제의의 흔적

제단을 지은 자리에는 내세의 안녕을 기원하는

노래와 춤이 동시에 존재한다는데

오늘의 의식은 여행객들의 셔터 누르는 소리만

피사체로 세워진다

-「춤」 전문

어떻습니까. '파리한 남녀'가 누워 있는 분묘(墳墓)는 햇살이 눈을 뜨는 순간 그 빛의 기울기를 따라 곡선의 깊이를 드러내지 않습니까. 제1연에 보이는 시각적 표현은 외부에 대한 묘사이자 시적 화자의 내면에 드리운 비애의 표현입니다. '곡선의 깊이'라는 시구가 그것을 말해 줍니다. 봉분의 둥그런 외양이 그 어느 때보다 날카로운 직선이 되어 화자의 내면을 자극하는 순간입니다. 그것은 어쩌면 화살처럼 빠르게 날아들었을 것입니다.

연이어 망자들의 최후에 대한 시적 사유가 전개됩니다. 원기자는 '파리한 이들'이 삶과 죽음의 경계에서 어떤 '최후의 의식'을 진행한 것으로 생각합니다. 그렇지 않습니까. 누군들 '최후의 순간'에 이르러 경건해지지 않을 수 있겠습니까. 망자들은 비록 말이 없지만, 시인은 그것을 깨닫습니다. 그러므로 "두 팔을 구부려/ 서로의 각도를 유지한/ 성性과 성性이/ 하얗게 빛나는" 그들에게서 우리가 보아야 할 것은 절대적인 무기력 앞에서 한없이 낮고 낮아진 인간의 처절한 본질이겠습니다.

그것이 "인골 두 구"임은 물론입니다. 곡선 속에 직선이 되어 누운 것입니다. 그들이 살아서 연못을 가꾸었든 아이들에게 사냥을 가르쳤든 그것이 중요한 게 아닙니다. 죽음 앞에 선 인간은 자신이 살아서 행했던 그 어떤 것들과도 헤어져 오직 다음 세상을 추구할 따름입니다. 그래서 원기자는 "눈 코 입에 숨을 불어넣자/ 흙무덤을 덜어 나오는 제의의 흔적"이라고 표현할 수 있었습니다.

그러나 시의 결구는 이렇습니다. "오늘의 의식은 여행객들의 셔터 누르는 소리만/ 피사체로 세워진다". 이 또한 현실이니 어쩌겠습니까. 먼 죽음은 가까이 있는 아주 작은 상처보다 아프지 않은 것입니다. 이것이 세속의 진실입니다. 시인은 이것을 부정적 어기로 다루었지만, 그렇다고 근엄한 윤리주의자의 표정을 짓지도 않았습니다. 곡선 속에 직선이 있고, 삶 속에 죽음이 있음을 통찰한 매우 조용하고 역동적인 시편인 「춤」의 뒷문은 이렇게 열려 있습니다.

달무리 걸린 빈집에 농담을 입힌다

댓돌 위에 나란히 문상 온 달빛일까

비긋이 열린 사립문 밖으로

떨어진 열매는 눈시울이 붉다

해묵은 그리움이 내려앉은 마당

조등이 머문 자리 은하처럼 시리다

울타리에 걸린 눈동자는

가만히 건네는 기다림 같아

허공에 둥근 접시를 쟁이던 할머니는

제 몸에 생채기를 닦으며, 쉬어 가라네

저문다는 것은

조금 늦게 오는 기별 같아

천천히 그늘의 단애를 짚어 본다
                                           ―「달빛 수묵」전문

　여기서도 의고적·보편적 지향과 감각적 시어의 조화를
봅니다. 우선 수묵(水墨)이 그렇습니다. 짙은 먹색을 물로
다스리는 마음입니다. 수묵은 단색의 미세한 변화로 자연
의 모든 색을 드러내는 표현법입니다. 번다한 색을 다 없애
고야 진실한 색을 나타낼 수 있다는 듯 수묵의 화법은 표현
과 반표현을 넘나드는 정신성을 추구합니다. 색조를 표현
할 수단이 없어서 우리 조상들이 수묵을 좋아했던 게 아님
을 말할 필요는 없습니다. 우리는 꽤 많은 채색화를 물려받
았기 때문입니다.
　「달빛 수묵」에서 원기자는 다시 죽음을 봅니다. 달빛이
문상을 왔습니다. "조등이 머문 자리는 은하처럼 시리"지
만, 그래서 떨어진 열매가 눈시울을 붉히지만, 달빛이 있

어 늦가을의 죽음이 처연하기만 한 것은 아닙니다. 그래서 '쉬어 가라'는 할머니의 말을 들을 수 있었습니다. 또한 "저 문다는 것은/ 조금 늦게 오는 기별 같"다고 인식할 수 있었 습니다.

그런데 달빛은 "울타리에 걸린 눈동자"입니다. '울'은 이 쪽과 저쪽을 가르는 경계이자 삶-죽음의 문턱입니다. 놀란 달은 바로 그곳에 있는 것입니다. 이형사신(以形寫神)의 기운 이 느껴집니다. 또한 달은 허공에 쟁여지는 접시입니다. 할 머니는 바로 그 늙은 달의 표상으로 둥근 접시를 쟁이고 또 쟁입니다. 이것이 인간의 역사라는 것을 원기자는 매우 감 각적인 시어로 표현하고 있습니다. 그러므로 다시 "저문다 는 것은/ 조금 늦게 오는 기별" 같은 것입니다. 순서는 다르 지만, 인간은 누구나 저물어가는 존재인 것입니다.

이밖에도 『나는 아직 잠실에 있어요』는 의고적 · 보편적 이고 감각적인 많은 시편들을 담고 있습니다. 「점자 익히 기」, 「가장이라는 상수리나무」, 「엄마의 경전」, 「당신의 그 림자로 남아」 등이 그와 같습니다. 한마디로 중후장대합니 다.

비천한 자와 고귀한 자

완당 김정희(1786-1856)는 평생의 벗 이재 권돈인(1783- 1859)의 시 「동남이시(東南二詩)」를 평하여 이런 말을 남겼습니다.

"구양수가 시를 논하여 이르기를 '곤궁해야 좋아진다(窮而工)'고 하였는데, 이는 단지 빈천한 사람의 곤궁함을 말한 것이다. 부귀하지만 곤궁하게 된 사람의 곤궁함이라야 곧 곤궁함이라 할 수 있으며, '곤궁해야 좋아진다.'는 것도 또한 빈천한 사람이 곤궁하여 좋아진 것과 다름이 있다. 빈천한 사람이 곤궁해서 좋아진 것은 그리 기이하게 여길 만한 것이 아니다. 또한 부귀한 사람 가운데 어찌 좋은 시를 쓰는 사람이 없겠는가? 부귀하여 좋은 시를 쓰는 사람이 다시 곤궁하게 된 뒤에 더욱 좋아지는 것은 결코 빈천한 사람이 곤궁하게 되었다고 해서 미칠 수 있는 것이 아니다(題彝齋東南二詩後)."

완당은 영의정까지 지낸 친구 권돈인이 말년에 유배를 가게 되자 그의 시에 덕담을 더한 셈입니다. 구양수(1007~1072)의 '궁이공' 시론을 따라 '부귀한 자가 곤궁해진 뒤에 쓴 시'가 '빈천한 사람이 곤궁해서 쓴 시'보다 더 좋다고 한 것입니다. 대가의 명제를 인용하여 벗의 시편이 탁월하다고 역설한 거라 하겠습니다.

권돈인은 5대조가 우의정을 지냈고, 부친도 군수를 역임하는 등 조선 후기 안동 권문의 고귀한 혈통을 갖고 태어났습니다. 1845년 영의정에 올랐으며, 그 4년 뒤에는 원상(院相)으로서 최고의 자리에서 국정을 처결한 인물이기도 합니다. 그는 지기 완당과 더불어 시서화에 두루 능한 경지에 올랐습니다. 그런 이가 정치적 격변 속에서 유배형에 처해진 것입니다. 부귀한 자가 곤궁해진 것이라 할 만합니다.

완당도 증조부가 영조의 부마(화순옹주의 남편)였으며, 부친도 병조판서를 역임한 귀족 가문의 자손이었습니다. 자신도 대과에 급제하여 병조참판과 성균관 대사성까지 역임했습니다. 그의 집안은 조선조 전체를 두고도 훈척 가문(勳戚家門)의 하나라고 할 만합니다. 그런 이가 9년 동안이나 제주도에 위리안치 되었다가 다시 권돈인의 일에 연루되어 2년 동안 벽오지 북청에 유배되고 했으니, 그 또한 부귀한 자가 곤궁해진 것이라 하겠습니다.

그렇다면 완당이 궁이공을 꺼낸 것은 위기에 처한 친구를 위로하려는 하나의 뜻만은 아니었을 겁니다. 오히려 자신의 군색한 처지를 딛고 일어서려는 강렬한 욕망의 분출일지 모르겠습니다. 그것은 정치적 좌절을 이겨내려는 예술적 열망의 표현이겠습니다. 250여 년 후 우리가 보기에 완당은 확실히 예술적 성취로써 자신의 곤궁한 처지를 이겨낸 궁이공의 표상이라 할 만합니다.

그러나 원기자의 작품에서 알 수 있는 바와 같이 처음부터 부귀와는 무연한 우리 시대의 많은 시인들도 그 예술적 욕망에 있어서만큼은 완당과 이재를 넘어섭니다.

체중계에 올라서면 마이크로 칩이 내장된 피부에 스크린이 떠요

문화 섭취량은 50g 늘리고
운동은 조금 줄이라는 기계와 마주 앉아
밀웜을 먹어요

self driving 자동차에 앉아 화장을 하며
차창에 펼쳐진 스케줄을 읽어요
목적지를 인식하고 달리는 창밖의 거리는 새롭죠

늙지 않는 미래가 온다고 해요
그럼 뭐하고 놀죠

의사가 없는 병원, 닳지 않는 텔로미어는 우물 속에 빠
진 낮달 같아요

인간이 로봇이 된 세상, 일자리에 대한 꿈을 잃어버려
기계와 운명이 바뀌는 걸까요

프로젝트 파일 위에 떨어진 잉여를 뜯어 먹는 사람들
인간의 뇌와 인터넷이 결합된 트랜스휴먼으로 태어날까
요

기계 인간이 좋아요
살아 본 적이 없으니까요

HMD 안경을 쓰면 통역되는 언어

학교가 없는 행성에서 입학시험의 전설을 얘기하면 안

되나요

타임머신의 침묵, 2초에 한 번씩 들여다보는 스릴러 화

면은

저녁의 감정을 읽으며

내가 너이고, 네가 나인

내일은 휴일

　　　　　　　　　　　　　－「트랜스휴먼」 전문

어떻습니까. 이만 하면 패기 넘치는 신예 시인의 처절한
육성에 비견될 만한 의욕이 아니겠습니까. 휴먼을 휴일로
연결하는 언어 감각은 여일한 것입니다만, "인간이 로봇이
된 세상"을 비틀고 해체하면서도 가벼이 냉소하지 않는 복
합적 심상은 그의 관점주의가 표층에서 심층으로 한참 파고
들어갔음을 알 수 있게 합니다. "*늙지 않는 미래가 온다고
해요/ 그럼 뭐하고 놀죠*" 하는 대목에 이르면 오히려 트랜
스휴먼의 시대를 즐기는 듯도 합니다.

겉으로 보기에 트랜스휴먼은 인간지사 희로애락에서 벗
어나 몰가치한 자유를 구가하는 것으로 보입니다. "문화 섭
취량은 50g 늘리고/ 운동은 조금 줄이라는 기계와 마주 앉
아/ 밀월을 먹"는 삶은 신산고초 속에서 허우적거리는 우리

의 일상과 매우 큰 거리가 있어 보입니다. 또 "의사가 없는 병원, 닳지 않는 텔로미어"는 "우물 속에 빠진 낮달"처럼 일종의 환영의 공간에 있는 것 같습니다. 그러므로 "*기계 인간이 좋아요/ 살아 본 적이 없으니까요*"라는 시구는 가벼운 조소처럼 들리기도 합니다.

그러나 이 작품의 미덕은 그와 같은 표층에 머물지 않은 시적 사유에 있다 할 것입니다. 원기자는 트랜스휴먼을 부정하지 않습니다. 또한 손쉬운 낙관주의에 빠져 희희낙락하지도 않습니다. 전반적인 기조는 우려를 표명하고 있다 하겠지만, 그 양가적 가능성을 모두 보고 있습니다. 때문에 "기계와 운명이 바뀌는 걸까요"라며 부실하기 그지없는 인간적 가치를 옹호할 수 있었던 것입니다.

앞서 의고적 태도와 보편적 지향을 동일 범주에 놓은 바 있습니다만,「트랜스휴먼」에 와서는 그 보편성에의 탐색이 문명사적 성찰로 이어짐을 확인할 수 있습니다. 그런데 한두 편이 아닙니다.「로봇」,「굽다리접시」 등 곳곳에 포진해 있습니다. 가령,

무덤 속 유물들은
한 사내의 섬세한 손놀림으로 다시 빛을 찾았어요
다른 계통의 유물들도 저처럼
모서리를 곧추세우고 박물관 유리벽 안에 자리를 잡았
네요
이제 고분을 기억하는 건

부서진 햇살 아래 우뚝 솟은 아파트 외벽이지만

괴정동 사람들은 알까요

돌무지덧널무덤에서 태어난 저를

- 「굽다리접시」 부분

이와 같은 시편을 보노라면 트랜스휴먼의 시대를 거슬러 오히려 태고로 돌아가는 영원회귀의 시간을 말하고 있습니다. 시간적 연속성 안에서 원기자는 트랜스휴먼이자 돌무지 시대의 인간이기도 한 것입니다. 또한 공간적 무한성 안에서 시인은 타자 없는 절대적 주체를 경험하기도 하는 것입니다. 이 정도의 스케일이기 때문에 정치적 시련을 예술적 성취로 이겨내려 한 완당의 궁이공을 넘어서는 시적 의욕을 원기자에게서 읽을 수 있습니다.

당신의 그림자로 남아

그렇다고 원기자의 시가 오직 과격한 일탈을 꿈꾼다거나 뿌리 없이 흔들리는 부초 같다고 하면 안 됩니다. 오히려 이 불비한 지상에 확고히 터를 잡고 있습니다.

당신이 봄을 보냈나요

연분홍 꽃잎이 톡톡 터지면

나의 일상이 궁금해 잠실대교를 넘어오던 당신

어쩌다 오시는 길 잃었나요 지난날
당신을 마중하던 사거리에 꽃등 하나 걸었습니다
늦은 절기가 보내는 고백인 양
남단 신호등에 달무리 일거든 좌회전을 하세요
지금 이곳에는 토지거래허가제가 풀리지도 않았는데
부동산 열기가 들불처럼 번지고 있답니다

그래서일까요 잠실역 8번 출구 앞에는
복권을 사려고 줄을 선 사람들이 즐비해요
나는 거실 창가에 앉아 꿈을 사는 사람들을 풍경처럼
바라봐요
혹여라도 당신이 이곳을 지나다 복권 사는 사람들의 행
렬인 양
나의 창문을 올려다볼지도 모른다는 생각에

나는 이 거리가 변하지 않았으면 좋겠어요

어쩌다 당신이
낡은 세단을 몰고 휘영청 내게로 와 준다면
서로의 가슴 속에 내재되었던 그리움이 펑펑 터지겠지요
그런데 그립다는 형용사는 어떤 마음일까요

그 마음 오래도록 간직하고 싶어

꽃 진 자리 돋아난 새순처럼 반짝이며

나는 아직 잠실에 있어요

– 「나는 아직 잠실에 있어요」 전문

지금 잠실은 부동산 열기가 들풀처럼 번지고, 복권을 사려고 줄을 선 사람들이 즐비합니다. 꿈틀대는 욕망과 비틀린 정신이 뒤섞여 괴성을 지르는 현장에서 원기자는 아직 살아가고 있습니다. 그렇다면 잠실은 고유명사가 아니라 보통명사입니다. 부동산과 복권이 있는 곳이라면 그곳은 어디나 잠실입니다. 또한 그곳이 바로 인간이 살아가는 공간입니다. "나는 아직 잠실에 있어요"라는 말의 참뜻은 이런 데 있는 것이겠습니다.

그런데 "나는 이 거리가 변하지 않았으며 좋겠어요"라는 시구가 보입니다. 설마 이 엄혹한 속세간에 대한 찬양인가요. 그렇기도 하고, 그렇지 않기도 합니다. 인간의 거처는 비록 아귀다툼의 복마전과 다를 바 없지만, 그렇기에 우리가 살 수 있는 것입니다. 다툼과 싸움이 끊이지 않는 세상을 결코 벗어날 수 없는 것은, 우리 자신이 그것을 자행하는 터무니없이 못난 인간들이기 때문입니다. 그래서 원기자는 "꽃 진 자리 돋아난 새순처럼 반짝이며/ 나는 아직 잠실에 있어요"라고 말할 수 있었던 것입니다.

그런데 궁이공을 주창한 구양수의 논지는 그리 간단한 게 아니었습니다. '곤궁해야 좋은 시를 쓸 수 있다'는 말은 시에 있어 여리고 화려한 수사를 거부하고 사(詞)에 있어 변려문을 배격하는 문이명도(文以明道)의 고문운동 차원에서 보아야 합니다. 그것은 위진 남북조 이래 형식에 치우쳐 내용이 공허하기 일쑤였던 사륙변려문의 형식주의를 버리고, 진한 시대 고문으로 돌아가 간결미와 암시성을 회복하고 표현의 실질 기능을 되살리고자 한 일종의 문예부흥운동이었습니다. 구양수의 궁이공은 윤기를 버리고 밑바닥까지 실체를 표현하는 문장으로서의 궁(窮)이었습니다.

완당도 구양수의 뜻을 잘 알고 있었으며, 누구보다도 개혁적이고 실질을 중시한 인물이었습니다. 당대 최고의 고증학자이자 금석학의 대부였던 그는 서화에도 불후의 업적을 남긴 인물입니다. 당색을 떠나 이미 당대에 그의 글씨와 그림을 구하기 어려웠을 정도였다 합니다. 그럼에도 불구하고 그는 중인이나 역관들과도 두터운 교분을 쌓고 학예를 전수해 주었습니다. 실질에 대한 옹호가 신분의 벽을 넘어 그와 같은 행동을 가능케 한 것입니다.

풍경처럼
모래바다가 들썩인다
하늘과 맞닿은 능선이 흔들릴 때마다
온몸으로 느끼는 갈증
고비를 넘어온 낙타의 등에 먼지를 쓸어내리며
커다란 귀를 바라보는 유목민의 슬픈 눈
아무렇지도 않은 듯 먹이를 주고

젖은 감정으로

목덜미를 쓰다듬는 손길이 반듯하다

예고된 이별은

밤하늘을 메고 서성이는데

구름은 쌍봉을 닮아 간다

등에 얹은 가죽을 벗겨서 두드리면

북소리가 애처롭게 울리는 밤

덜컹거리는 사구에 앉아

아무 일 없다는 듯

주인의 어깨를 쓰다듬는 갈기

제 엉덩이를 툭툭 건드리는 짐승의 울음이

바람의 뼈가 된다는 걸

그때 알았다

사막 한가운데서 고삐를 풀면

검은 모래바람이 마두금을 훑는다

– 「차강티메」 전문

여기 원기자의 이번 시집에 수록된 여러 노작들 가운데서
도 돋보이는 시적 성취를 보여주는 작품이 있습니다. '실체
를 표현하는 문장으로서의 궁(窮)'이라는 측면에서 「차강티
메」는 "구름은 쌍봉을 닮아간다"는 표현에서 보이듯 유목민
들에게 낙타가 무엇을 의미하는지 아주 선명하게 보여줍니
다. 그것은 짐승이고 노동이고 모래바람이고 식량이지만,
또한 북소리이자 마두금이기도 합니다. 애처로움을 넘어서

는 애처로움이고 슬픔을 넘어서는 슬픔이 보입니다.

더 나아가 "아무 일 없다는 듯/ 주인의 어깨를 쓰다듬는 갈기"를 통해 완벽히 하나가 된 우리 짐승들의 내면이 보입니다. 이는 "이 하루도/ 함께 지났다고,/ 서로 발잔등이 부었다고, 서로 적막하다고,"(「묵화」)라고 적은 김종삼의 그것에 가닿는 시적 표현이라고 하겠습니다. 여기에 이르면 확실히 원기자는 시간적 연속성과 공간적 무한성을 한 편의 시에 고스란히 녹여냈다고 할 말합니다. "덜컹거리는 사구에 앉아/ 아무 일 없다는 듯" 말입니다.

그러니 역시 궁이공입니다. 시는 높은 곳에서 빛나는 예술이 아니며, 고고한 지성의 외침이나 차가운 이성의 포효가 아니라 차라리 비루한 짐승들의 울부짖음이라는 생각이 들게 합니다. 수직의 높이가 아니라 수평의 넓이임을 깨닫게 합니다. 그러므로 이제 우리는 "짐승의 울음이/ 바람의 뼈가 된다는 걸" 압니다.

그렇다면 「오래된 의자가 있는 풍경」은 어떻습니까. 또 「태인 양조장」은 어떻습니까. 그리고 기어이 이런 시가 보입니다.

허공에 비스듬히 기댄 소나무
휘어진 가지 옆에는 작은 오두막이 있지만
나무는 지붕 위의 햇살을 훔치지 않는다
창문 하나 그려진 오두막과
성긴 가지에 듬성듬성 잎을 매단 고목이

냉혹한 계절이 지나가길 기다린다

소나무는 바람벽 하나 없이 허허 벌판을 지키고
잠시 머물다 갈 사내의 힘찬 붓질은
멀리서 들려온 소식에 경세의 먹물이 번진다
굽은 나무는 유연해지며 제 마음의 뿌리에
솔잎 하나 떨군다 철새들 떠난 빈 가지가
냉혹한 현실을 흔들어 깨우자 오두막은
허공에 회초리를 휘두른다 몸이 없는 허공은
멍이 들지 않는다
유배도 가지 않는다

곧음과 휨의 분별처럼 소나무와 오두막 사이에
오래도록 이어온 인연이 서로의 안에서 간당거린다
상적은 오히려 세한도처럼 강인하고
추사는 해 저문 풍경처럼 고즈넉하다

– 「세한도를 기리다」 전문

"상적은 오히려 세한도처럼 강인하고/ 추사는 해 저문 풍
경처럼 고즈넉하다"는 시구는 말 그대로 〈세한도〉(1844)의
작의를 예리하게 보여줍니다. 이상적(1804~1865)은 제주도
에 위리안치된 스승 완당에 대한 의리를 끝까지 지킨 인물
입니다. 완당이 그에 대한 보답으로 〈세한도〉를 그렸다는
것은 이미 주지의 사실입니다. "藕船是賞", 완당은 화제 옆에

이처럼 이상적을 생각하는 마음을 글씨로 남겼습니다. 여기에 더해 '장상무망'(長想無忘, 오랫동안 서로 잊지 말자)을 새겨 낙관하기도 했습니다.

물론 완당은 궁이공을 뼈저리게 인식한 사람이고, 그것으로써 불후를 꿈꾼 사람입니다. 또한 원기자도 그것을 잘 알고 있는 시인입니다. 「우리가 휘어져 서로 닿을 때」나 「도마」, 「그랬으면 좋겠네」 등의 많은 가편들은 그가 이번 시집을 엮기 위해 어떤 노력[工]을 다했는지 알게 합니다. 그러므로 다음과 같은 시와 함께 『나는 아직 잠실에 있어요』는 궁이공의 연속성과 무한성을 보여주는 놀라운 시적 성취라 하겠습니다.

생각해 보면
바람 부는 날이 더 많았던 바닷가
행여 자식들 다칠까 가만가만 어루만지던
당신의 흔적을 저문 노을이 쓸고 가네요
　　　　　　　　　　　　　　　 － 「폐선」 부분